Elisabeth Ippen
Ganz unverblümt 2

Elisabeth Ippen, geboren 1951, studierte Pädagogik für Sonderschulen, lebte dreißig Jahre in Bonn, zunächst als Mutter und Hausfrau, schrieb nebenher Jugendbücher und hielt an diversen Bildungseinrichtungen Vorträge über Erziehung. Seit 2011 lebt sie als Autorin im Chiemgau.

Bisher erschienen:
Ganz unverblümt. Aphorismen und Sprüche 2011, Neuauflage 2016
Zum Glück in Prien. Ein Neubeginn 2013
Der Weg ist das Ziel. Unterwegs in Süddeutschland 2014
Hanne – eine Rheinländerin im Chiemgau 2015

elisabeth.ippen@web.de

Elisabeth Ippen

Ganz unverblümt 2

Lieber mit dem Leben mitgehen,
als von ihm mitgenommen zu
werden.

Der größte Fehler ist,
keine machen zu wollen.

Echte Freundschaft kann
das geistige Wachstum
enorm beflügeln.
Echte Feindschaft auch.

Hör doch auf, ständig
nach dem Glück zu suchen,
damit es dich endlich
finden kann.

Der große Wurf will
einfach nicht gelingen?
Hängt vielleicht
der Korb zu hoch?

Der Fluss nimmt
unbeirrt seinen Lauf,
auch wenn es ihm mal
ins Bett regnet.

Solange du nicht weißt,
wo du anfangen sollst,
fängst du besser
gar nicht erst an.

Wer ständig anderen hilft,
hat das wohl nötig.

Wer keine Zeit
für Pausen hat,
muss eben warten,
bis er auf der Nase liegt.

Wir alle sterben.
Ganz sicher.
Sehen wir zu,
dass wir vorher
gelebt haben.

Widerstand kostet Energie.
Annahme schenkt Energie.

Es geht alles
immer
auch ganz anders.

Jedes Spiel geht
einmal zu Ende.
Wer ehrlich gespielt hat,
kann aufrecht und
erhobenen Hauptes
vom Spielfeld gehen.

Wer das Alte nicht ehrt,
ist des Neuen nicht wert.

Hängen die Trauben zu hoch,
ist es weise,
sie Größeren zu überlassen
und weiterzugehen an Orte,
wo sie mit Händen
zu greifen sind.

Dem Winde Widerstand leisten?
Oder ihm standhalten?

Die Angst vor Fremdem
ist ganz natürlich.
Lehne sie nicht ab,
aber gib ihr auch nicht
ungeprüft nach.

Unverhofft kommt oft,
erhofft hingegen selten.
Woran es wohl liegen mag?

Geht das Leben einmal
nicht so sanft mit dir um,
dann tu wenigstens du es.

Wer seine Fähigkeiten
anerkennt,
muss mit niemandem
konkurrieren.

Manchen Menschen kräht
zeitlebens kein Hahn nach.
Sie sind immer zu spät dran.
Oder aber zu früh.

Schritt für Schritt
seinen Weg gehen,
gleich dem Leben,
das seinen Gang nimmt,
ganz ohne Hast und Eile,
Schritt für Schritt.

Vorzusorgen ist etwas anderes,
als sich Sorgen zu machen.
Das eine erleichtert womöglich,
das andere beschwert
in jedem Falle.

Manchmal sieht man
vor lauter Wald
die Bäume nicht mehr.

Alles scheint grau und trüb
und dir ist zum Heulen?
Tu es.
Und dann geh ins Bad
und wasch dir das Gesicht.

Fürchte sie nicht,
die Stürme des Lebens,
die an dir rütteln,
sie bringen nur
Abgestorbenes zu Fall.
Und sei dir sicher,
sie gehen alle vorbei.

Je mehr einer „abhebt",
je leichter er sich fühlt,
desto schwerer haben es
oft die um ihn herum.

Die Zeit rennt davon?
Nur nicht hinterherrennen.
Sonst rennt sie noch schneller.

Bietet sich eine Gelegenheit
zum Genießen mit allen Sinnen,
nicht knauserig sein,
sondern aus dem Vollen schöpfen.
Zu schnell geht alles dahin.

Suche die Liebe nicht
im Blick eines andern.
Nimm sie in dir selber wahr.

Selbsterhöhung und
Selbsterniedrigung
sind untaugliche Mittel,
sich seiner selbst
bewusst zu werden.

Du kannst es den anderen
nie recht machen?
Dann mach es wenigstens dir
selber recht.

Im Grunde ist alles eins.
Aber auf keinen Fall einerlei.

Wen sein Leben befriedigt,
der weiß am Ende wenigstens,
wozu es gut war.

Kluge Sprüche
von klugen Leuten
hat wohl jeder im Kopf.
Sie in die Tat umzusetzen,
bedarf es nicht unbedingt
eines klugen Kopfes
und gelingt auch
klugen Leuten oft nicht.

Weht der Wind stark,
ist es besser,
sich ihm zu beugen,
als von ihm
gebrochen zu werden.

Werden die Ansprüche gesenkt,
erhöht sich auf der Stelle
der Grad an Zufriedenheit.

Wer auf der Erfolgsleiter nur
auf die oberste Sprosse schielt,
ist nie sicher vor Fehltritten
und tiefen Stürzen.

Achtsamkeit verlängert nicht
unbedingt das Leben,
aber es erhöht seine Qualität.

Wer zu oft auf andere schaut, verliert sich selbst aus dem Blick.

Eins ist es,
zu sich zu kommen,
ein ganz anderes,
dann auch
bei sich zu bleiben.

Nicht die ausgedrückten,
sondern viel eher noch die
nicht ausgedrückten Gefühle
bringen uns um.

Eine winzige Verschiebung
des Blicks -
und er zeigt uns sein Gesicht:
der Berg,
der Baum,
der Mensch.

Manchmal fehlen einem
die Worte.
Da hilft nur Schweigen.

Sorge für Ordnung
in deinem Leben.
Tust du es nicht,
sorgt das Leben
selbst dafür.

Willst du in Frieden leben
mit deiner Umgebung,
dann schließe Frieden mit dir.

Es gibt Menschen,
die können einem das Leben
richtig schwer machen.
Wenn man sie lässt.

Es macht einen
großen Unterschied,
ob ich mich
dem Leben hingebe,
oder ob ich mich ihm
ausgeliefert fühle.

Sich höher und weiter dünkend,
lässt sich gut freundlich tun.
Doch erst das Erkennen,
unter seinesgleichen zu sein,
befähigt zu wahrer
Freundschaft.

Du musst bei der Arbeit
immer freundlich sein?
Sei es von Herzen
und dein Lohn wird
ein doppelter sein.

Für die Lorbeeren hat`s
wieder mal nicht gereicht?
Getrocknet in der Suppe
sind sie der Gesundheit
oft bedeutend zuträglicher.

Wenn die Natur am Himmel
den Pinsel schwingt,
kann man nur dankbar sein,
dass man zuschauen darf.

Der Wind bläst ungewöhnlich
oft von vorn?
Vielleicht stimmt die Richtung
 nicht.

Übermut tut selten gut.
Aber manchmal eben doch.

Vergangenheit und Zukunft
wiegen schwer,
wenn die Leichtigkeit des
Augenblicks nicht gefühlt
werden kann.

Leichtfertigkeit sollte nicht
mit Leichtigkeit
verwechselt werden,
sonst liegt einem plötzlich
etwas ganz schwer
auf der Seele.

Verachtung für andere
gründet auf mangelnder
Selbstachtung.

Anspruchslose Blumen
wachsen überall,
ganz verwegene auch
auf Asphalt.
Und manche
blühen dort sogar.

Sich seiner selbst zunehmend
bewusster zu werden,
fördert das Selbstbewusstsein
ganz ungemein.

Den Himmel auf Erden leben:
Sein Ego lieben wie sein Selbst.

Die einen glauben,
der Teufel regiere die Welt,
andere sind sich sicher,
er stecke im Detail.
Dabei schaut er
dem Treiben der Menschen
einfach nur zu und
lauscht den Geschichten,
die sie sich erzählen über ihn.
Oder?
Etwa doch nicht?

Eine harmonische Beziehung
beruht nicht zuletzt
auf der Kunst,
zur rechten Zeit
den Mund aufzutun,
und ihn zur rechten Zeit
auch wieder zu schließen.

Langeweile.
Eine Weile lang
nichts zu tun haben.
Eine gute Gelegenheit,
zur Besinnung
zu kommen.

Sich vom Leben tragen lassen
wie der Vogel vom Wind.

Es ist nicht immer wichtig,
was jemandem wichtig ist,
Hauptsache, es ist ihm
überhaupt etwas wichtig.

Wer erkennt,
wie vielen „Zufällen"
er sein Erdenleben verdankt,
kann es nicht mehr
als Zufall abtun.

Das Menschsein annehmen
und so dem Göttlichen in sich
Raum geben.

Manche können gut lachen
über sich
und lernen viel dabei,
andere lachen immer nur
über andere
und lernen nichts dazu.

Würde wohnt
jedem Menschen inne,
kann ihm folglich auch nicht
abgesprochen werden.

Wenn unten
kein Durchblick mehr ist,
hilft manchmal
ein Blick zum Himmel.
Oben ist alles klar.
Immer.

Schwer fällt es oft,
sich dem Wind zu überlassen.
Leicht ist es,
eine Feder zu sein.

Einfach nur hinschauen
auf das, was stört.
Es nicht zum Problem machen,
dann wird es auch keins.

Abstand nehmen,
klar und unbefangen
sich selbst ins Auge blicken.

Die Frage ist nicht,
ob der Himmel uns
offen steht.
Der Himmel ist
immer offen für uns.
Die Frage ist,
ob wir offen sind
für den Himmel.

Wer sich selbst traut,
befindet sich immer
auf der sicheren Seite.

Wer aufhört,
jemand sein zu wollen,
kann endlich
er selber sein.

Wenn wir nicht wollen,
wie das Schicksal will,
schickt es notfalls
den Zufall vorbei,
der all unsere geschickt
eingefädelten Pläne,
ihm doch noch zu entgehen,
im Nu zu Fall bringt.

Frieden.
In Eintracht sein
mit dem Menschen,
der man geworden ist.

Ein einziges Licht reicht aus,
um den Weg zu zeigen.

Sei der Mensch,
der du bist,
und nicht der Mensch,
der du glaubst
sein zu müssen.

Der Sinn des Lebens?
Leben.
Was sonst.

Wer mit dem Wind mitgeht,
statt gegen ihn anzukämpfen,
kommt schneller an.
Allerdings oft woanders
als geplant.

Geschenke kann man
sich nicht verdienen.
Man bekommt sie.
Oder eben auch nicht.

Schüler lernen,
um irgendwann
Meister zu werden.
Der Meister weiß,
dass er ein Leben lang
Schüler sein wird.

Selbstliebe lässt sich
nicht erlernen.
Sie ist immer da.
Wendet sich die
Aufmerksamkeit
dem Herzen zu,
wird sie fühlbar.

Süßigkeiten braucht,
wer des Lebens Süße
nicht schmecken kann.

Die Reise zu sich selbst
gestaltet sich manchmal
bedeutend schwieriger
als die um die Welt.

Ansichtssache.

Manchem verleihen wir
großen Wert,
doch kaum sind wir
dahingegangen,
verliert es ihn wieder,
endet als Trödel
oder auf dem Wertstoffhof.
Manchmal findet sich
aber auch einer,
der ihm erneut Wert verleiht,
und das Spiel
kann weitergehen.

Ausnahmen bestätigen
die Regel,
doch wenn die Ausnahme
zur Regel wird,
ist es an der Zeit,
neue Regeln einzuführen.

Wer immer seine Pflicht tut,
weiß nicht, was Liebe ist.

Ohne besser sein zu wollen,
das ganz Gewöhnliche leben.

Demut.
Eine ständige Gratwanderung
zwischen Hochmut und
Kleinmut.

Ohne wirklich
die Wahl zu haben,
fühlt es sich doch besser an,
das Leben freiwillig
so zu nehmen,
wie es jetzt gerade ist.

Absolute Freiheit:
Den Tod nicht fürchten.

Gib dich dem Leben hin
und du wirst feststellen,
es ergibt sich dir.

Sich selbst vergessen kann,
wer sich selbst gefunden hat.

Bibliografische Information der Deutschen
Nationalbibliothek:
Die Deutsche Nationalbibliothek verzeichnet
diese Publikation in der Deutschen
Nationalbiografie; detaillierte bibliografische
Daten sind im Internet über http://dnb.d-nb.de
abrufbar.

Covergestaltung: Gudrun Kohout

© 2016 Elisabeth Ippen
Herstellung und Verlag: BoD - Books on
Demand, Norderstedt
ISBN 9783839103128